Odisseia

Homero

adaptação de Leonardo Chianca
ilustrações de Cecília Iwashita

editora scipione

Ao comprar um livro, você remunera e reconhece o trabalho do autor e de muitos outros profissionais envolvidos na produção e comercialização das obras: editores, revisores, diagramadores, ilustradores, gráficos, divulgadores, distribuidores, livreiros, entre outros.
Ajude-nos a combater a cópia ilegal! Ela gera desemprego, prejudica a difusão da cultura e encarece os livros que você compra.

Gerente editorial
Sâmia Rios

Editora
Sâmia Rios

Preparadora de texto
Ana Luiza Couto

Revisores
Ana Carolina Nitto,
Cesar G. Sacramento e
Ivonete Leal Dias

Coordenação de arte
Maria do Céu Pires Passuello

Programação visual de capa e miolo
Aída Cassiano

Elaboração do encarte
Yara de Abreu Longo Najman

editora scipione

Av. Otaviano Alves de Lima, 4400
Freguesia do Ó
CEP 02909-900 – São Paulo – SP

ATENDIMENTO AO CLIENTE
Tel.: 4003-3061

www.scipione.com.br
e-mail: atendimento@scipione.com.br

2023

ISBN 978-85-262-6812-8 - AL
ISBN 978-85-262-6813-5 - PR
Cód. do livro CL: 736383
8.ª EDIÇÃO
10.ª impressão

Impressão e acabamento
A.R. Fernandez

Dados Internacionais de Catalogação na Publicação (CIP)
(Câmara Brasileira do Livro, SP, Brasil)

Chianca, Leonardo.

Odisseia / Homero; adaptação de Leonardo Chianca; ilustrações de Cecília Iwashita. – São Paulo: Scipione, 2000. (Série Reencontro infantil)

1.Literatura infantojuvenil 2.Mitologia grega (Literatura infantojuvenil). I.Homero. II.Iwashita, Cecília. III.Título IV Série.

00-0728 CDD-028.5

Índices para catálogo sistemático:
1. Odisseia: Mitologia grega: Literatura infantil 028.5
2. Odisseia: Mitologia grega: Literatura infantojuvenil 028.5

Sumário

A guerra de Troia e o estratagema do cavalo de pau

Na antiga Grécia, quando se acreditava que da montanha do Olimpo o poderoso Zeus dirigia a vida de todos os deuses e homens, teve lugar uma história tão grandiosa quanto magnífica: a odisseia de Ulisses.

A Grécia era um país formado de muitas ilhas, e ainda não estava unida sob o governo de um único homem quando Helena, a mulher mais linda do mundo, foi raptada por um príncipe da cidade de Troia. Como era casada com Menelau, rei de Esparta, os governantes das diversas ilhas e territórios gregos reuniram-se e decidiram declarar guerra contra os troianos para resgatar Helena. Elegeram Agamenon, irmão do rei, comandante de todos os gregos.

Assim, soldados foram convocados e enviados em muitos navios em direção a Troia.

Aquiles era o mais valente de todos; Ulisses, o mais inteligente; e Nestor, o mais velho e experiente. Durante dez longos anos, batalha após batalha, eles lutaram, mas não conseguiam vencer os atrevidos raptores.

Graças à astúcia de Ulisses, o grande cerco à cidade de Troia resultou em vitória. Foi ele quem teve a ideia do grande cavalo de pau. Mandou construir o gigantesco animal de madeira e dentro dele escondeu um grande número de soldados. O cavalo foi colocado sobre uma base com rodas e empurrado até as portas da cidade amuralhada de Troia, onde foi deixado.

Enquanto isso, todos os outros soldados gregos voltaram às suas embarcações. Fingiram remar para longe da costa, como se fossem embora, cansados de tanto guerrear.

A curiosidade dos troianos era muito grande. Eles saíram de seus domínios e, com o esforço de centenas de homens, puxaram o cavalo de pau para dentro da cidade.

À noite, quando os troianos já dormiam, os soldados gregos que estavam escondidos dentro do cavalo saíram e pegaram os inimigos de surpresa. Alguns guerreiros foram abrir os portões da cidade para o resto do exército, enquanto os demais iniciavam o ataque final.

Nunca uma batalha durou tão pouco tempo. Com a cidade em chamas, muitos troianos foram mortos ou tiveram de fugir. E dessa forma os gregos resgataram a rainha Helena e a devolveram a seu marido Menelau.

A viagem de volta: a primeira aventura

Após a vitória em Troia, os governantes gregos iniciaram a volta para casa, cada um para seu território. Lamentavam os soldados perdidos, mas comemoravam a vida dos sobreviventes, aguardando ansiosamente o reencontro com a família.

Com Ulisses não foi diferente. Ele reuniu seus soldados em sua frota de doze navios, distribuídos em grupos de cerca de cinquenta marinheiros para cada embarcação. Viajariam rumo a Ítaca, pequena ilha do mar Jônio, onde Ulisses havia reinado com justiça e sabedoria por longos anos, antes de partir para a guerra tão duradoura em Troia. Ele havia deixado em Ítaca sua mulher, Penélope, e seu filho, Telêmaco, que era bem pequeno na ocasião de sua partida.

A guerra contra os troianos havia durado dez anos e mal sabia Ulisses que levaria outros dez para finalmente rever sua família. A viagem de retorno foi repleta de aventuras muito perigosas.

Mal haviam se lançado em alto-mar, ventos muito fortes desviaram os navios de Ulisses de seu destino, afastando-os cada vez mais de Ítaca. Os marujos estavam sedentos e esfomeados. Após alguns dias navegando sem rumo, avistaram uma pequena cidade, com palácios dourados, casas ajardinadas e templos riquíssimos. Estavam às portas de Ísmaro.

Os homens de Ulisses não conseguiram se controlar e saquearam a rica cidade. Os cícones, habitantes de Ísmaro, eram um povo pacífico e, diante da invasão e violência dos descontrolados gregos, fugiram para as montanhas.

– Meus homens, vamos partir agora mesmo – ordenou Ulisses a seus marinheiros. – Já nos fartamos de comer e beber, enchemos nossos navios com vinho e muitos carneiros... Agora chega, vamos partir. Não quero esperar nem mais um minuto!

Seus homens, porém, não lhe deram ouvidos. Festejaram na praia e embriagaram-se até cair na areia.

Os cícones, a essa altura, já haviam se reunido com povos vizinhos, mais afeitos às lutas, e na volta pegaram os gregos desprevenidos.

– Fujam, fujam! – gritava Ulisses para seus desmiolados marujos.

Muitos morreram antes que os navios partissem, fugindo da vingança dos cícones. Desolado, Ulisses lamentava a perda de tão bravos e fiéis companheiros, e tudo porque haviam desobedecido às suas ordens.

Quando alcançaram o alto-mar, os ventos sopraram forte, como se quisessem punir os gregos afrontosos, levando-os a se perder em meio à fúria das águas.

Cansado e com o coração carregado de tristeza, Ulisses sentia saudades da família, de alguns velhos amigos, como Eumeu, e de seu fiel cão, Argos. Navegou por dez dias sem avistar terra, até chegar a uma pequena ilha, onde se podia ver, no extremo da praia, uma fenda em forma de abóbada nas rochas.

O gigante com um olho no meio da testa

Desconfiado e temeroso de que corressem algum perigo maior, Ulisses reuniu apenas doze de seus homens e foram investigar a grande caverna. Levaram consigo alguns sacos de couro de bode cheios de vinho e um pouco de trigo tostado.

Admirados, encontraram, logo na entrada da caverna, inúmeras cestas contendo imensos queijos. Mais para o fundo, havia estábulos, onde se amontoavam cordeiros e cabras. Os marinheiros pressionaram Ulisses a permitir que pegassem tantos queijos e cabras quantos aguentassem carregar e depois retornassem aos navios. Ulisses,

no entanto, estava muito curioso e quis ficar para conhecer o habitante daquele lugar. Assim, acenderam uma fogueira, assaram um cordeiro e aguardaram o morador desconhecido, acreditando que fosse algum pastor.

– O que é isso? – assustou-se Ulisses ao sentir o chão tremendo como se um enorme animal se aproximasse a passos largos.

– Oh, céus, o que vejo? – apavorou-se um dos homens, justamente o mais valente deles, ao avistar um gigante imenso à entrada da caverna.

Era Polifemo, o mais terrível de todos os ciclopes, criaturas monstruosas com apenas um olho no meio da testa. Ulisses e seus homens correram para o fundo da caverna, escondendo-se no escuro. Polifemo fechou a entrada da caverna com uma pedra tão pesada que nem mesmo a força de cem homens poderia removê-la dali.

O ciclope separou um grupo de cabras, sentou-se e passou a ordenhá-las. Bebeu todo o leite num gole só e em seguida juntou alguns troncos de pinheiro e acendeu o fogo. As chamas se elevaram e o clarão denunciou os gregos prensados contra as paredes da caverna.

– Quem são vocês? Piratas? – gritou Polifemo com sua voz de trovão.

– Não somos piratas – antecipou-se Ulisses. – Somos guerreiros gregos. Lutamos e vencemos sob as muralhas da grande Troia, comandados pelo rei Agamenon! Em nome dos deuses, rogamos que nos receba com hospitalidade.

– Ora, não me fale de deuses! – respondeu o ciclope, com um gesto de desprezo. E, muito esperto, perguntou: – Há mais gregos por aí? Onde deixaram seus navios?

Mas Ulisses, ainda mais inteligente, respondeu com falsidade:

– Nossa nau foi atirada pelos ventos contra um rochedo. Somos os únicos sobreviventes do naufrágio.

O gigante nem ligou para as palavras de Ulisses. Agarrou dois marinheiros como se fossem filhotes de cachorro e jogou-os ao chão. Seus corpos ficaram estraçalhados e ele os devorou como um animal faminto.

Assombrados, Ulisses e os dez homens que restaram viram Polifemo espreguiçar-se, esticando os imensos e fortíssimos membros, e cair no sono entre os cordeiros e cabras.

Ulisses pensou em furar o coração daquele monstro com sua espada, mas desistiu da ideia ao perceber que não conseguiriam mover a pesada pedra à entrada da caverna. Sendo assim, esperaram amanhecer.

No dia seguinte, num piscar de olhos, o ciclope devorou mais dois marinheiros no café da manhã, com apetite voraz. Depois disso, saiu da caverna, mas fechou-a cuidadosamente para que seus prisioneiros não fugissem.

Ulisses, então, arquitetou um plano. Aplainou um enorme tronco de oliveira, afiou sua ponta como um gigantesco espeto e escondeu-o sob o esterco que havia no chão. Contou aos companheiros que pretendia fincá-lo no olho do gigante.

Quando Polifemo voltou, Ulisses ofereceu-lhe o vinho que haviam trazido.

– Hum... que bebida magnífica! Deve ser o que os deuses bebem no Olimpo – disse o gigante, e depois perguntou a Ulisses: – Diga-me, qual é o seu nome? Gostaria de lhe dar um presente como recompensa...

– Meu nome é Ninguém – respondeu Ulisses. – Agora me dê o presente.

– Meu presente é muito simples: Ninguém será comido por último! – deu uma gargalhada e caiu, entorpecido pelo vinho.

Ulisses percebeu que essa era a hora certa para atacá-lo e avisou os companheiros. Puseram o tronco de oliveira no fogo até que ficasse incandescente e assim o enfiaram no olho do ciclope. Ouviu-se um chiado de brasa em água.

Polifemo soltou um urro alucinante de dor, que afastou os gregos para longe. Os outros ciclopes que viviam na ilha correram à porta da caverna para acudir o amigo:

– Que diabos está acontecendo, Polifemo? Alguém o feriu?

– Ninguém! – ele gritou. – Ninguém me feriu! – respondeu, acusando Ulisses.

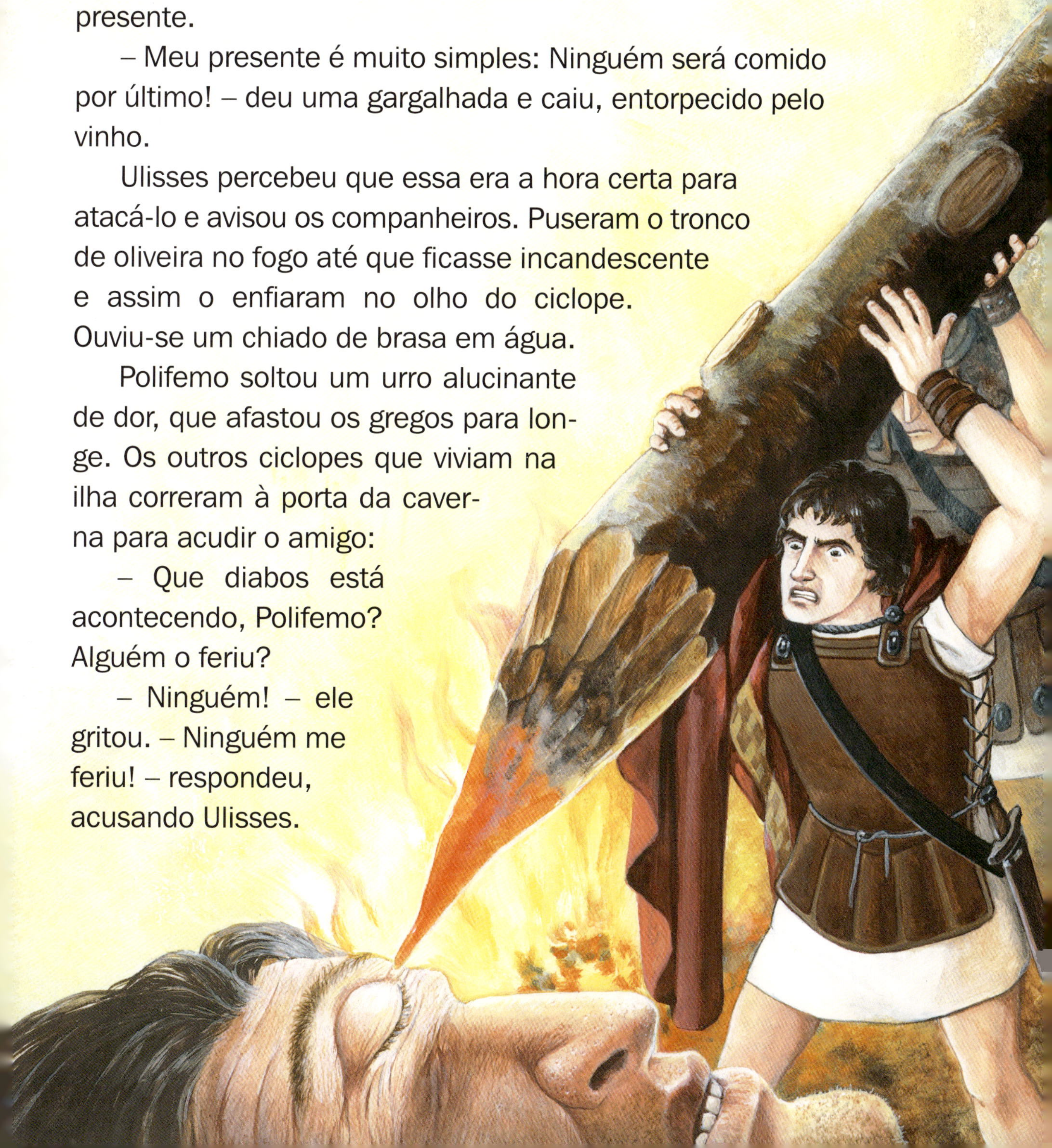

– Se ninguém o feriu, então foram os deuses que o fizeram urrar... Agora deixe-nos dormir em paz! Adeus!

O ciclope Polifemo, tentando enganar os gregos, apalpou as paredes até chegar à grande pedra que fechava a caverna. Retirou-a e sentou-se à porta, esperando que seus prisioneiros tentassem fugir para devorá-los.

Ulisses voltou-se para seus homens e cochichou:

– Sejam valentes! Chegou a hora de fugirmos desta prisão.

E expôs seu plano. Amarrou cada um de seus homens à barriga de um carneiro. Como não podia amarrar a si próprio, Ulisses se agarrou firmemente à lã do maior de todos os animais.

Ao nascer do sol, à medida que os animais deixavam a caverna, Polifemo apalpava seus dorsos para conferir se algum grego vinha montado neles. Quando o último deles passou, o ciclope ainda comentou:

– Ora, justo você, o maior de todos... Por que deixou que os outros saíssem à sua frente? – e liberou sua saída.

Quando se viu a uma distância segura, Ulisses se soltou do carneiro, desamarrou os companheiros e correram todos em direção aos navios, que ainda estavam ancorados na costa. Os companheiros que haviam ficado saudaram-nos e notaram a falta de alguns. Ulisses pediu-lhes silêncio até que subissem às embarcações e estivessem afastados da praia.

Quando já iam longe, o valente e astuto Ulisses gritou, em pé na proa do navio:

– Ciclope imundo! Apareça, imbecil!

Ao ouvir a provocação, Polifemo levantou-se e atirou a enorme pedra que fechava a caverna em direção à voz que ouvia. Por pouco a pedra não acertou a embarcação, onde comemoravam a fuga, preparando os carneiros roubados para assar. Por fim, gritou:

– Quer saber quem furou o seu olho monstruoso? Foi Ulisses, ouviu? Ulisses, o invencível rei de Ítaca!

Ulisses na ilha de Circe

Enquanto isso, em Ítaca, o reino de Ulisses era cobiçado. Seu filho Telêmaco, agora jovem, havia saído à procura do pai, mas não conseguiu obter notícia de seu retorno após a vitória em Troia.

No palácio, muitos homens pretendiam se casar com Penélope, a fiel esposa de Ulisses, mas ela se desvencilhava persistentemente de todos eles.

– Ulisses morreu, acredite em mim... – eles diziam. – Se não tivesse morrido, já teria voltado, pois muitos anos se passaram desde o fim da guerra de Troia.

Contudo, a triste Penélope resistia a seus pretendentes.

Poucos, muito poucos ainda se mantinham fiéis ao vencedor Ulisses. Eumeu era um deles. O velho amigo acreditava que ainda reencontraria seu grande confidente. Argos, seu querido cão, era outro que envelhecia, mas continuava aguardando a chegada de seu antigo dono, o grande guerreiro.

Enquanto isso, Ulisses seguia em sua peregrinação, tentando encontrar o caminho de casa. Depois de muito tempo de navegação difícil, pois os ventos nunca lhes eram favoráveis, Ulisses e sua frota chegaram a uma cidade muito estranha, governada por uma rainha de aparência medonha. Ao tentarem fugir do local, os navios de Ulisses foram atacados por ferozes canibais, homens que se alimentam de carne humana. Eram os lestrígones, criaturas gigantescas como os ciclopes.

Apenas o navio de Ulisses conseguiu seguir viagem. Depois de tantas adversidades, da perda irreparável de sua frota e seus fiéis homens, os sobreviventes depararam com uma ilha desconhecida. Eram agora cerca de cinquenta companheiros, no total. Dividiram-se em dois grupos, um comandado por Ulisses e outro por Euríloco, o mais inteligente dentre os outros, a quem coube investigar a ilha, enquanto os demais aguardavam na praia.

O grupo penetrou em densa floresta até alcançar um fabuloso palácio, de onde ecoava um canto de mulher que atraiu irresistivelmente os marinheiros, exceto Euríloco, que ficou à espreita. Às portas do palácio, os homens foram recebidos por leões e lobos, mas os animais não os atacaram. Pelo contrário, conduziram-nos ao interior da construção.

A voz que ouviam era de Circe. Não sabiam se era uma deusa ou feiticeira. Ela mandou servir-lhes um vinho especial, misturado com farinha de

cevada e mel dourado. Naturalmente eles nem desconfiaram de que Circe havia adicionado ao vinho uma droga misteriosa que os faria esquecer sua terra natal, Ítaca.

Pela fresta de uma janela, Euríloco viu quando seus companheiros ingeriram a bebida e, em seguida, transformaram-se em porcos. O que ele não sabia é que, apesar de fuçarem e grunhirem como porcos, ainda mantinham o coração humano, o que os fazia sofrer muito, pois haviam se tornado homens aprisionados em corpos de animais.

Euríloco voltou à praia e contou a Ulisses o que havia sucedido. O herói prontamente se pôs em marcha, sozinho, rumo ao palácio, para salvar seus companheiros. Contudo, no caminho encontrou Hermes, o mensageiro dos deuses, que lhe ofereceu uma certa erva, antídoto à magia de Circe.

No palácio, foi recebido por Circe. Quando a feiticeira serviu-lhe o vinho, Ulisses deixou cair a erva dada por Hermes no interior da taça, sem que ela percebesse. Enfurecida por não haver conseguido transformar aquele homem em animal, Circe esbravejou:

– Só um homem na terra conseguiria escapar da minha poção mágica. Você deve ser o invencível Ulisses, o maior de todos os mortais! Sejamos amigos e venha viver comigo... – ela propôs.

– Por mais atraente e honroso que seja o convite, só o aceitarei se me prometer que libertará meus companheiros, devolvendo-lhes a forma humana.

Circe cumpriu sua promessa e pediu a Ulisses que fosse buscar o resto da tripulação, para que todos pudessem desfrutar de uma vida digna dos deuses em seu palácio.

E assim fez Ulisses. Foi difícil convencer seus desconfiados homens, pois temiam que Circe estivesse preparando uma cilada fatal. Ulisses usou de todos os argumentos que lhe vieram à memória, até mesmo ameaças, para que finalmente decidissem ficar.

Meses se passaram. Os dias eram desfrutados com fartos banquetes e saborosos vinhos. Após um ano de uma vida de luxo e prazer, os marinheiros procuraram Ulisses:

– Senhor, já é hora de voltarmos às nossas casas, nossas mulheres e filhos. Ítaca nos espera!

As palavras tocaram fundo o coração de Ulisses, que em seu íntimo também partilhava do mesmo sentimento, saudoso de sua mulher Penélope e seu filho Telêmaco. O comandante dirigiu-se a Circe e comunicou-lhe seu desejo. A feiticeira, sabedora de que o destino de seu amado era outro, deu-lhe alguns conselhos:

– Resista às ciladas que os deuses lhe preparam no caminho de regresso a Ítaca. Resista bravamente... Quando desembarcar em seu reino, permaneça incógnito, sem revelar sua presença antes de avaliar bem a situação e conhecer seus inimigos.

Depois disso, Circe deixou-os partir.

A ilha das Sereias

A primeira terra que avistaram foi a ilha das Sereias. As sereias são mulheres do mar. Cantam uma melodia que atrai os marujos que as ouvem para o lugar onde vivem. Elas então os estraçalham e devoram. Vivem sentadas em torno dessa ilha, rodeadas dos ossos dos marujos mortos.

Amorosa, Circe já havia advertido Ulisses:

– Quando chegar à ilha das Sereias e perceber que elas estão prestes a iniciar seu canto, tape os ouvidos de seus companheiros com cera para que nada ouçam. Quanto a você, Ulisses, para evitar que ceda ao maravilhoso canto, ordene que o amarrem pelas mãos e pelos pés ao mastro e implore que não o desamarrem, mas, ao contrário, apertem firmemente as cordas.

Assim, Ulisses tapou os ouvidos de seus homens com a cera de abelha que havia recolhido na ilha de Circe. Em seguida, os marujos amarraram-no firmemente, com cordas resistentes, ao mastro do navio. Ulisses poderia colocar cera em seus próprios ouvidos, mas não resistiu à curiosidade de conhecer o canto das sereias.

Logo que avistaram o navio dos gregos, as sereias iniciaram seu canto, tentando atraí-los para depois devorá-los:

– Venha, Ulisses, honra e orgulho da nobre Grécia. Venha ouvir a nossa voz... Quem por aqui passa não resiste às nossas melodias. Venha, Ulisses, venha...

Ulisses gritava aos seus marujos, pedindo-lhes que fossem em direção às sereias e o desamarrassem. Porém, seus companheiros de viagem lhe foram fiéis e seguiram remando em direção contrária à ilha das cruéis sereias.

Quando estavam suficientemente afastados e seguros, os marujos retiraram a cera dos ouvidos e desataram Ulisses do mastro. Ele agradeceu-lhes imensamente.

A Fúria de Zeus

Ulisses seguiu bravamente, tentando voltar a Ítaca. Lembrava-se dos conselhos amigos dados por Circe antes de sua partida e assim pôde se livrar de inúmeros obstáculos.

Um deles era o remoinho Caribde, que engolia todas as naus que tentavam passar por ele. Para desviar de Caribde, contudo, as naus corriam o risco de serem agarradas pelo monstro Cila, que vivia dentro de uma caverna na beira do mar.

Com astúcia, Ulisses escapou de Caribde, mas perdeu meia dúzia de seus marinheiros, todos eles presos pelas garras de Cila, que havia ido buscá-los dentro do navio.

Exaustos de tantos perigos e famintos por dias a fio, avistaram uma ilha repleta de rebanhos. Todos quiseram aportar ali para aplacar a fome que os castigava. Ulisses os advertiu do conselho de Circe para não atacar os rebanhos de Hélio, o deus Sol, que tudo vê e ouve. Caso contrário, teriam de enfrentar sua ira fatal: o navio afundaria nas águas do sombrio oceano e toda a tripulação seria arrastada para o mar.

Entretanto, de nada serviram as advertências de Ulisses, pois seus homens desceram a terra. Tentaram caçar os animais selvagens, mas eram raros e bravos. Quando a fome começou a atormentá-los, Euríloco propôs:

– Vamos pegar algumas vacas do rebanho sagrado. Quando voltarmos a Ítaca, construiremos um rico templo em honra do deus Hélio, que perdoará a nossa ofensa!

As palavras de Euríloco tranquilizaram seus companheiros, que, sem consultar Ulisses, foram às colinas e abateram as melhores vacas do rebanho sagrado. Fizeram suas preces, assaram os animais e os devoraram.

Quando Ulisses sentiu o cheiro de carne assada, deu-se conta do desastre e pensou: "Que vingança terrível cairá sobre nós!".

Reuniu seus homens e tentou fugir o mais rápido possível da vingança de Hélio. O deus, porém, quando percebeu que nada mais podia fazer contra os gregos, subiu ao Olimpo e foi reclamar com Zeus, o pai de todos os deuses e homens.

Zeus incumbiu-se de punir Ulisses, fazendo aparecer sobre o navio dos gregos uma nuvem sombria. Uma grande ventania açoitou a embarcação, rompendo o cabo do mastro, que tombou, atingindo o timoneiro na cabeça e atirando-o ao mar.

Nesse instante, Zeus fez cair um raio que estremeceu o navio e depois quebrou-o ao meio. Todos foram violentamente arrastados para fora do navio e debateram-se em desespero até sumirem no meio das ondas.

Apenas Ulisses escapou da morte. Abraçado a um pedaço do mastro, passou dez dias e dez noites vagando sem rumo, com fome e sede, até que os deuses o levaram a uma ilha desconhecida.

Nessa ilha, Ulisses foi acolhido pela ninfa Calipso, e com ela viveu por muitos anos, deleitando-se com os maiores prazeres que um mortal poderia desfrutar.

Calipso, Nausica e os feaces

A ilha de Calipso ficava muito distante de Ítaca, perdida no mar, e nenhuma embarcação passava próximo a ela. Sendo assim, Ulisses nada podia fazer, apenas esperar.

Foi a deusa Palas Atena, fiel protetora de Ulisses, quem intercedeu por ele junto a Zeus, o pai dos deuses. Rogou-lhe que levasse o herói de uma vez por todas a Ítaca e protegesse seu filho, Telêmaco, em sua busca para reencontrar o pai.

Zeus encarregou Hermes, o mensageiro dos deuses, de levar seu desejo ao conhecimento de Calipso. A ninfa ainda tentou persuadir Ulisses, prometendo-lhe a imortalidade, mas o invencível grego sabia o que queria:

– Minha adorável Calipso... Bem sei que Penélope não se compara a uma ninfa como você, mas anseio, com todas as forças que ainda me restam, voltar a Ítaca para reencontrar minha esposa, meu filho e meu povo!

Conformada, Calipso permitiu que Ulisses construísse uma jangada, com a qual navegou vários dias até chegar à ilha de Esquéria, terra dos feaces. Governada pelo rei Alcino, essa ilha ficava bem próxima de sua querida Ítaca.

Ulisses estava exausto e mais uma vez recebeu a ajuda de Palas Atena. Ela fez com que a bela Nausica, filha do rei, fosse até a praia e encontrasse o guerreiro, que lhe pediu ajuda. Nausica deu-lhe roupas e comida, e Ulisses se mostrou agradecido. Então, a princesa convenceu o rei e a rainha a recebê-lo no palácio.

Ulisses não se identificou para os soberanos de Esquéria. Contou-lhes uma história de naufrágio e eles resolveram ajudá-lo a seguir viagem. Como Ulisses se portava de maneira nobre, os pais de Nausica decidiram tratá-lo como um rei, mesmo sem saber que realmente o era.

Assim, mandaram preparar um navio com cinquenta remadores, conduzido por um experiente capitão, para levá-lo de volta a sua pátria. Em seguida, serviram-lhe um banquete inesquecível. Ao final, os doze principais chefes feaces ofereceram-lhe valiosos presentes e o próprio rei deu-lhe uma rica taça de ouro.

Ao despedir-se de Nausica, Ulisses agradeceu-lhe. Ela o cumprimentou:

– Que os deuses o protejam em sua viagem de regresso. Só espero que nunca se esqueça daquela que o salvou e lhe quer muito bem!

A última homenagem prestada a Ulisses antes de sua partida seria um canto:

– O que deseja ouvir, nobre homem?

– Gostaria que cantasse os últimos momentos da guerra de Troia, contando do estratagema que levou os gregos à vitória.

O músico real pegou a cítara e cantou a história do famoso cavalo de pau, o mais engenhoso truque do astuto Ulisses.

Terminada a apresentação, Ulisses caiu em pranto. Suas lágrimas fizeram com que o rei Alcino lhe pedisse uma explicação para tamanha angústia.

– Por que o relato da queda de Troia o comove tanto, meu nobre hóspede?

Não podendo recusar o pedido de um rei tão generoso, Ulisses revelou sua identidade e narrou suas aventuras.

Contou dos cícones, em Ísmaro, de onde tiveram de fugir às pressas; da aventura vivida com Polifemo, o gigante, e de como furou seu olho; do ataque dos lestrígones, ao qual apenas o seu navio tinha sobrevivido; dos prazeres na ilha de Circe e de seus proveitosos conselhos; do canto perigoso das sereias; do remoinho Caribde e do monstro Cila; da afronta ao deus Hélio e da terrível vingança de Zeus, que fez com que perdesse todos os seus homens. Por fim, contou da ninfa Calipso e do encontro com Nausica.

Os feaces ouviram tudo encantados e disseram-lhe que estavam torcendo para que, na manhã seguinte, finalmente conseguisse regressar a sua fabulosa Ítaca.

Telêmaco procura seu pai

Palas Atena havia pedido a Zeus que levasse Ulisses de volta a Ítaca e protegesse seu filho, Telêmaco, em sua busca pelo pai.

Tratou ela mesma de apresentar-se a Telêmaco e instigá-lo a sair em busca de Ulisses. Telêmaco, que até então vinha assistindo passivamente à dilapidação da riqueza de seu palácio pelos pretendentes de sua mãe, decidiu protestar contra aqueles que queriam ocupar o lugar de seu pai. Ninguém sabia se Ulisses havia morrido ou não, embora isso fosse bastante possível, afinal, desde a sua partida para lutar em Troia já haviam se passado vinte anos!

Inicialmente, Telêmaco tentou afastar os pretendentes de sua mãe para longe do palácio, mas eles se uniram, resistiram e ainda o ameaçaram.

Decidiu, então, pedir um navio e partir em busca de notícias de seu pai. Se ele tivesse morrido, sua mãe teria de escolher um marido, que seria o novo rei de Ítaca, mas, se ainda estivesse vivo, pretendia ajudá-lo a retornar para casa e reassumir o seu posto.

Telêmaco convocou uma assembleia para consultar o povo sobre seus planos. A população de Ítaca surpreendeu-se com a forte determinação do filho de Ulisses, que agia como se fosse o próprio pai.

No meio da reunião, ocorreu um fato estranho: duas águias que voavam muito alto começaram a brigar, arrancando reciprocamente muitas penas antes de se afastarem. Um homem sábio, que conhecia o significado desse fato misterioso, alertou:

– Cuidado, pretendentes de Penélope! Uma grande perturbação chegará para atingir a todos... Está escrito que Ulisses regressará no vigésimo ano de sua partida!

O pronunciamento provocou burburinho entre os presentes.

As reivindicações de Telêmaco foram desconsideradas pelo povo. Ele foi se lamentar à beira da praia, onde se encontrou novamente com Palas Atena. A deusa protetora de Ulisses arranjou-lhe navio e homens e, assim, ele partiu em busca de notícias de seu querido e quase desconhecido pai.

Telêmaco procurou se informar sobre o destino de seu pai com guerreiros que haviam lutado ao seu lado. Quem lhe deu mais informações foi Menelau, marido de Helena, cujo rapto havia motivado a guerra de Troia.

Menelau contou-lhe que havia tido notícias de Ulisses em uma viagem ao Egito, onde soube que o pobre herói vivia preso na ilha de Calipso.

Helena contou-lhe sobre uma ocasião em que Ulisses, disfarçado de mendigo, havia entrado em Troia para visitá-la, dando-lhe notícias sobre a guerra e esperanças para resistir e aguardar que os gregos viessem resgatá-la.

A viagem possibilitou a Telêmaco saber mais sobre o pai, mas, principalmente, reacendeu a chama da esperança de que ainda estivesse vivo.

Quando regressou a Ítaca, ele tinha certeza de que seu pai voltaria.

Enfim, de volta a Ítaca

Por determinação de Alcino, rei dos feaces, Ulisses foi levado de volta a Ítaca. Como estava muito cansado e dormia ao chegar a sua pátria, os feaces carregaram o herói numa colcha e o depositaram sob a sombra de uma oliveira, juntamente com sua bagagem, inclusive os ricos presentes que havia recebido. Ulisses ficou ali e eles se foram.

Quando despertou, Ulisses não sabia onde estava, pois Palas Atena havia espalhado uma névoa a sua volta para que não fosse reconhecido.

– Ai de mim – ele se lamentou –, em que terra estou? Onde vou guardar as riquezas que trouxe?

Ele pensou que os feaces o tivessem enganado, deixando-o em uma terra estranha, até que Palas Atena apareceu ao seu lado:

– Não reconhece este lugar, Ulisses? Esta é Ítaca, terra de solo fértil, boas pastagens para ovelhas e bois e excelentes vinhedos...

– Ítaca! Não acredito, voltei a minha querida Ítaca! – comemorou, ajoelhando-se e beijando o solo.

– Você é o mais corajoso dos mortais – Palas Atena o elogiou. – Saiba, Ulisses, que sou a deusa da sabedoria e sempre estive ao seu lado...

Orgulhoso, Ulisses tinha os olhos cheios de lágrimas. Palas Atena prosseguiu:

– Parabéns, bravo guerreiro, mas a sua luta ainda não terminou!

Imediatamente, ele se recompôs e ajudou Palas Atena a esconder suas riquezas em uma gruta de difícil acesso.

– Ouça bem o que lhe digo, caro Ulisses – instruiu a deusa. – Você deve guardar silêncio absoluto sobre a sua presença na ilha. Toda cautela é pouca!

Palas Atena contou-lhe que havia uma multidão de nobres de Ítaca e das ilhas vizinhas querendo se casar com sua mulher, Penélope.

– Não temo ninguém. Recuperarei minha esposa e meu palácio! Mas, e meu filho, onde está?

– Telêmaco viajou à sua procura, mas já está de volta. Ele está fortalecido e com muita vontade de revê-lo e retomar o poder em Ítaca.

– Se ficar ao meu lado, minha deusa protetora, combaterei até recuperar minha família e minha terra!

Em seguida, Palas Atena transformou Ulisses em um mendigo, disfarçando-o o máximo possível para que ninguém pudesse reconhecê-lo. E pediu-lhe que procurasse Eumeu, o criador de porcos, que nunca deixou de pensar em seu rei.

– Você pode confiar nele, Ulisses... – disse ela, antes de desaparecer.

Eumeu, o fiel amigo

Ulisses realmente parecia um mendigo, com a roupa em farrapos, calçando uma sandália de couro rasgada e carregando um saco surrado nas costas. Caminhava apoiando-se em um pedaço de pau em lugar de um cajado.

Atravessou um trajeto sinuoso e difícil no meio de um bosque até alcançar a casa rústica onde vivia Eumeu. O velho cuidava dos inúmeros porcos deixados por Ulisses antes de partir. Ulisses o encontrou na frente de sua casa, fazendo sandálias de couro para uso próprio. Os cães que guardavam a casa de Eumeu partiram para cima do visitante desconhecido e quase o trucidaram.

– Saiam, saiam! – gritou Eumeu para seus cães. – Não veem que é um pobre mendigo, exausto de tanto caminhar?

E convidou Ulisses para entrar em sua casa. Serviu-lhe comida, bebida e presenteou-o com as sandálias que tinha acabado de fazer. Emocionado com a boa acolhida do fiel amigo, Ulisses precisou se conter para não revelar sua identidade.

– Conte-me sua vida, estrangeiro. A minha está tão solitária desde que meu senhor partiu para lutar em Troia... Não deixo de pensar nele um dia sequer, mas temo que já esteja morto e enterrado.

– Não, caro Eumeu – disse Ulisses, esquecendo-se de que seu velho amigo não havia se apresentado ainda. E prosseguiu: – Ulisses está vivo! Eu sou um pobre soldado que combateu a seu lado no cerco de Troia!

– O meu senhor está vivo? – perguntou o incrédulo Eumeu.

– Asseguro-lhe que não tardará o dia em que ele retornará a Ítaca e vingará os ultrajes cometidos a sua casa e sua família!

Eumeu narrou as desgraças que se abateram sobre Ítaca nos últimos vinte anos. E falou de Penélope:

– Nossa rainha é uma mulher admirável! Imagine que inventou uma artimanha fabulosa para se livrar de seus pretendentes. Há cerca de três anos, sem conseguir mais inventar desculpas para decidir com quem iria se casar, Penélope disse a eles: "Decidi aceitar um dos senhores para marido, mas só escolherei o homem que se casará comigo depois de tecer uma rica mortalha para meu sogro, pai de Ulisses. Como todos sabem, ele está bem idoso e deverá receber todas as honras quando morrer".

Ulisses ouvia a história contada por Eumeu com muita apreensão. Curioso por saber o que fez sua Penélope, insistiu:

– Vamos, conte logo, conte logo... Ela teve então de escolher alguém?

– Calma, meu amigo mendigo, nossa rainha é mais esperta do que pensávamos. Os pretendentes se alegraram com a proposta e aguardaram ansiosos pelo término da tarefa. "Não deve demorar muito até que ela acabe de tecer", pensavam eles.

– E então? E então? – suplicava Ulisses.

– Penélope passava os dias trabalhando com dedicação, mas à noite desfazia tudo o que havia feito durante o dia.

Ulisses sentiu muito orgulho de sua fiel esposa e ouviu Eumeu contar que certo dia ela foi descoberta por uma criada do palácio.

– Desde então – relatou Eumeu –, a vida de Penélope tornou-se um inferno... Todos os dias, ela e seu pobre filho são pressionados pelos pretendentes.

Ulisses chegou a adormecer ouvindo Eumeu contar as histórias de Ítaca, do tempo em que tinha ficado ausente, deixando desprotegidos seu palácio, sua esposa e seu querido filho Telêmaco.

O encontro de pai e filho

Palas Atena havia prometido a Ulisses que cuidaria de seu filho. Mais do que isso, a deusa da sabedoria fez com que Telêmaco fosse visitar Eumeu em seu casebre para encontrar o pai.

O rapaz chegou pela manhã, quando Eumeu e o falso mendigo tomavam o desjejum.

– É gente amiga que chega, pois seus cães estão silenciosos...

Ao ver o filho de seu antigo senhor, Eumeu deixou cair a tigela com leite e correu para abraçá-lo e beijá-lo. Tratava-o como se fosse um filho.

Sem ser reconhecido, Ulisses ofereceu seu lugar a Telêmaco. O jovem agradeceu-lhe:

– Obrigado, estrangeiro, fique onde está, pois não me falta

lugar nesta casa.

Eumeu preparou um assento de folhagens verdes, cobertas de uma pele de ovelha, para o filho de Ulisses. Telêmaco uniu-se aos dois. Eumeu contou-lhe sobre o pobre mendigo e pediu-lhe que o protegesse em seu palácio. O jovem contestou, argumentando que os pretendentes de sua mãe o aniquilariam:

– Sou fraco e não tenho como enfrentá-los – justificou-se Telêmaco, cabisbaixo.

Ulisses o provocou:

– O povo o odeia? Por que permite que o humilhem desse jeito?

– Não, o povo não me odeia, mas soube que os pretendentes de minha mãe querem me aniquilar. Nem ao menos posso voltar para casa...

Telêmaco segurou o braço de Eumeu e pediu:

– Senhor, sabe que o tenho como um pai... Faça-me um favor: vá procurar minha mãe o quanto antes e diga-lhe que aqui estou e gozo de boa saúde, mas tome cuidado, pois as paredes têm ouvidos. Ficarei aqui, aguardando a sua volta!

Assim que o velho saiu, Ulisses sentiu que a hora da revelação havia chegado. Pediu a Palas Atena que o ajudasse e a deusa, como num passe de mágica, transformou-o novamente no forte Ulisses, agora trajando uma túnica e um manto. Telêmaco assustou-se:

– Oh, estrangeiro, então você é um deus?

– Não, não sou nenhum deus e não tenho nada de imortal. Reconheça-me, filho, sou seu pai, o pai que procurava! Quando parti, você ainda era pequeno... – disse antes de abraçá-lo, caindo no choro. – Quem me transformou em mendigo foi a poderosa Palas Atena.

E voltaram a se abraçar, olhando um para o outro e reconhecendo-se.

Ulisses propôs a Telêmaco um plano perfeito e complicado, uma vez que os pretendentes eram numerosos e estavam bem armados.

– Amanhã bem cedo você seguirá para o palácio – instruiu Ulisses –, mas não anunciará minha presença. Não diga nada a sua mãe. Eu irei depois, novamente disfarçado de mendigo.

Ulisses pediu a Telêmaco que tirasse todas as armas do salão do palácio, deixando apenas espadas e duas lanças, além de dois escudos de couro de boi.

– Mas, meu pai, creio que sejam mais de cem os nossos inimigos!

– Que venham trezentos lutar comigo! Agora somos dois, nós venceremos! – conclamou Ulisses.

Antes que Eumeu voltasse, Palas Atena transformou Ulisses novamente em um mendigo. O velho não desconfiava de nada.

Agora, pai e filho eram cúmplices um do outro.

Argos, o cão fiel

Assim que o dia raiou, Telêmaco pegou sua lança e despediu-se de Eumeu e do falso mendigo. Queria muito abraçar a mãe e contar-lhe sobre o encontro com o pai, mas tinha de se conter.

Quando entrou no palácio, abraçou Penélope com muita saudade:

– Meu filho, que bom que está vivo! A cada instante fico mais preocupada com você... E então, tem notícias de seu pai? Soube algo sobre o seu regresso?

– Nada, minha mãe – respondeu Telêmaco, remoendo-se por não poder dizer a verdade. – Menelau me disse que, desde que regressou de Troia, a única notícia que teve de meu pai foi dada por um velho marinheiro, que o viu em uma ilha muito distante, mas isso aconteceu faz um ano – ele disfarçou.

Apesar de já estar acostumada às notícias imprecisas sobre o destino do marido, Penélope sempre as recebia com tristeza.

Enquanto isso, Eumeu e o mendigo chegaram à porta do palácio. Ulisses pediu ao velho porqueiro que entrasse e avisasse Telêmaco de sua chegada.

Sozinho diante de seu palácio, Ulisses olhou ao redor e viu um cão adormecido num canto do portão de entrada. O cão mal olhou para Ulisses e levantou a cabeça, empinando as orelhas. Era sarnento, estava cego e muito velho.

– Argos!! – Ulisses reconheceu seu velho cão de caça.

Argos ergueu-se com muito esforço e fez menção de correr até o dono, mas perdeu as forças de repente e tombou inconsciente no chão. Argos tinha reconhecido Ulisses. Havia esperado vinte anos para rever o dono antes de morrer.

Ulisses não se conteve e chorou. Abraçou o animal e aconchegou-se a ele. Tinha o coração partido de tristeza, mas, guerreiro que era, logo se recuperou, levantou-se e entrou no palácio para cumprir o seu destino.

Ulisses encontra-se com Penélope e seus pretendentes

Uma forte emoção apertou o peito de Ulisses quando entrou em seu palácio. Não via a hora de reassumir o seu lugar, tomar Penélope nos braços outra vez, conviver com seu filho Telêmaco e voltar a governar o povo de Ítaca.

Foi direto para o salão de banquetes. Lá estavam Telêmaco e os pretendentes de Penélope. Palas Atena atiçou-o a mendigar entre os homens do salão. Aqueles interesseiros sentiam-se donos do palácio e ridicularizaram o pobre mendigo, insultando-o impiedosamente.

Até mesmo um outro mendigo, que costumava frequentar o local, dirigiu ofensas a Ulisses, certamente sem saber quem ele era. Incitados pelos demais presentes, os dois maltrapilhos brigaram, e Ulisses humilhou seu adversário com grande facilidade.

Penélope, que assistia a tudo, não gostou do que viu. Com pena do falso mendigo, mandou chamá-lo. Ulisses, esperto, não foi ao seu encontro para não ser reconhecido:

– Diga à rainha que agradeço a sua boa vontade, mas temo atiçar ainda mais a ira dos pretendentes, que podem querer se vingar em Telêmaco – Ulisses ponderou. – Além do mais, tenho notícias do marido dela... Prometo voltar à noite e procurá-la para lhe contar tudo o que sei!

Ainda assim, Penélope decidiu aparecer e, para acalmar os ânimos, anunciou:

– Aproxima-se o dia em que infelizmente terei de me casar com um dos senhores. Para me humilhar ainda mais, em vez de me cortejar com ricos presentes, como manda o costume aqui em Ítaca, estão acabando com todos os meus bens. Os senhores querem me levar à miséria?

Antino, o mais cruel dos pretendentes, respondeu:

– O que a rainha pede é justo. Como prova do nosso amor, vamos todos encher este salão com valiosos presentes! – propôs, com o consentimento dos outros.

Ulisses gostou da esperteza de Penélope. Ela fez com que seus pretendentes devolvessem, em forma de presentes, um pouco daquilo que já lhe haviam roubado.

– Quando os presentes chegarem – Antino avisou Penélope, em tom de ameaça –, a rainha terá de escolher um de nós para marido!

Dito isso, todos se retiraram e logo o salão ficou vazio. Penélope foi para os seus aposentos e Eumeu voltou para o seu casebre para cuidar dos porcos.

– É hora, meu filho – disse Ulisses para Telêmaco –, é hora de fazer o que combinamos. Tire todas as armas do salão e esconda-as.

Mal Telêmaco saiu, sua mãe retornou ao salão. Deu de cara com Ulisses, ainda disfarçado de mendigo. Os dois se sentaram para conversar, ela em uma cadeira de marfim com adornos em prata e ele em uma pequena banqueta de madeira.

Indagado sobre suas origens, o falso estrangeiro e mendigo recusou-se a responder, alegando que se emocionaria com o relato e as lembranças.

– Eu é que já não suporto mais as minhas próprias lágrimas – lamentou-se Penélope. – Desde que meu marido foi combater em Troia, não gozo mais de paz.

Os dois conversaram por longo tempo sem que Penélope o reconhecesse. O mendigo contou-lhe que tinha conhecido Ulisses em uma ilha e assegurou-a de que ele retornaria muito em breve.

– Amanhã serei obrigada a escolher um marido, meu amigo estrangeiro – disse ela. E contou-lhe seus planos: – Vou trazer o arco de Ulisses para o salão. Aquele que conseguir envergá-lo com facilidade e acertar o alvo será o escolhido... – finalizou.

E com lágrimas nos olhos foi se deitar.

A última batalha de Ulisses

Na manhã seguinte, Penélope desceu ao salão e encontrou os presentes: túnicas bordadas com colchetes de ouro, brincos de pérolas raras, joias valiosas... Estava admirando cada peça quando os pretendentes começaram a chegar, um após o outro.

Penélope logo lançou o desafio do arco:

– Aquele que armar o arco do nobre Ulisses e acertar a flecha no alvo que meu filho determinar será meu marido.

Um a um, os candidatos se apresentaram, mas todos fracassaram.

No meio da prova, Ulisses aproximou-se de Eumeu e Filétio, outro criado antigo. Como confiava em ambos, chamou-lhes e levantou uma hipótese:

– Um minuto de sua atenção, meus amigos. Se Ulisses voltasse de repente, trazido pela mão de alguma deusa, vocês ficariam ao seu lado, arriscando a própria vida para defendê-lo?

– Claro!! – concordaram ambos, jurando fidelidade a Ulisses.

E então Ulisses se revelou. Mostrou-lhes uma cicatriz antiga para provar que era mesmo o rei de Ítaca e os três se abraçaram e se beijaram muitas vezes. Depois disso, Ulisses voltou-se para os pretendentes e disse:

– Deixem-me experimentar o arco. Quero saber se não perdi a força que tinha quando jovem!

Todos se revoltaram com o atrevimento do mendigo maltrapilho. Penélope saiu em sua defesa, pedindo aos pretendentes que lhe dessem uma chance. Telêmaco adiantou-se, tomou o arco em suas mãos e pediu a sua mãe que se retirasse. Depois passou o arco para Eumeu, que finalmente entregou-o a Ulisses. Enquanto Filétio fechava todas as portas do salão, Ulisses retesou o arco, armou-o com uma flecha e disparou-o. Acertou o alvo em cheio!

Os pretendentes entreolharam-se. Estavam pálidos e assustados.

Em um instante, Ulisses despiu-se dos farrapos e Telêmaco armou-se de espada e lança.

– Agora vou mirar em outro alvo – disse Ulisses.

A flecha veloz atravessou o pescoço de Antino, que tombou imediatamente. Os outros pretendentes apavoraram-se e ameaçaram partir para cima do falso mendigo.

– Seus porcos imundos! Ainda não perceberam que sou Ulisses, o justiceiro? Pensaram que ficariam impunes depois de violar meus bens e cobiçar minha esposa?

Daquele momento em diante seguiu-se uma luta sangrenta como jamais havia ocorrido em Ítaca. Telêmaco, Eumeu e Filétio entraram em ação e os intrusos foram caindo, um a um.

Flechas e lanças voavam certeiras, cravando-se em alvos humanos. Do numeroso grupo de pretendentes, apenas dois escaparam com vida: um por ser o cantor que animava os banquetes e o outro por ter sido amigo de infância de Telêmaco.

Em seguida, Ulisses ordenou que limpassem o sangue do salão e lhe dessem roupas novas e perfumadas. Pediu ao filho que chamasse Penélope e aguardou-a.

Radiante com a notícia do regresso de Ulisses, a rainha desceu para vê-lo, mas resistiu a se aproximar. Voltou para o quarto e esperou por Ulisses lá.

– Vou mandar retirar a cama... – comentou quando ele entrou.

– Como? Você enlouqueceu? – reagiu ele. – É impossível retirá-la. Eu mesmo a talhei, aproveitando o tronco de uma grande oliveira que crescia no pátio. Torneei o grosso tronco como uma coluna, sem arrancá-lo do lugar onde estava, e transformei-o em um dos pés da nossa cama. Ao redor dela ergui as paredes do quarto e depois todo o palácio. Como alguém poderia tirá-la daqui?

Era tudo o que Penélope queria ouvir, pois confirmava que aquele homem era realmente o seu marido. Então rendeu-se aos seus abraços, enchendo-o de beijos e carinhos.

A felicidade finalmente voltou a aquecer o coração de Ulisses. Vinte anos haviam se passado, dez deles guerreando em Troia e os outros dez tentando voltar à sua pátria.

Para completar a sua felicidade, Ulisses reencontrou-se com o pai, Laertes, que já estava bastante velho e doente. Levou-o para morar no palácio com sua família e seus fiéis amigos.

No final do dia, Ulisses estava no pátio interno de seu palácio, abraçado a Laertes, Penélope e Telêmaco. Olhou para o céu e imaginou o orgulho que Palas Atena devia estar sentindo ao vê-lo, enfim, com os pés fincados em Ítaca.

Odisseia

Homero

adaptação de Leonardo Chianca
ilustrações de Cecília Iwashita

Na antiga Grécia, havia um valente guerreiro chamado Ulisses. Ele viveu uma história cheia de aventuras, que se iniciou com a conquista de Troia e durou vinte anos de dificuldades, lutas e conquistas. Ao retornar a Ítaca, sua terra natal, ainda precisou lutar para reconquistá-la, bem como seus bens e seu castelo.

REENCONTRO INFANTIL

editora scipione

Relembrando os personagens

1 Na história de Ulisses aparecem muitos personagens. Ligue seus nomes à sua descrição.

cão de caça de Ulisses

criador de porcos e amigo de Ulisses

deusa da sabedoria

herói grego, rei de Ítaca

marido de Helena e rei de Esparta

mulher de Ulisses

a mulher mais linda do mundo, casada com Menelau

o mais cruel dos pretendentes de Penélope

irmão de Menelau, comandante dos gregos na conquista de Troia

filho de Ulisses

2. A *Odisseia* fala de deuses, monstros, ninfas e feiticeiras. No quadro abaixo, os nomes desses personagens estão misturados. Escreva-os no local correto, conforme a sua classificação.

Zeus Polifemo Circe Hélio Hermes sereias
Palas Atena ciclopes Cila Calipso lestrígones

Deuses ______________________________

Monstros ______________________________

Ninfas ______________________________

Feiticeiras ______________________________

3. Ligue os pontos e você verá um dos companheiros mais fiéis de Ulisses. Escreva o nome dele ao lado do desenho que vai se formar e pinte-o.

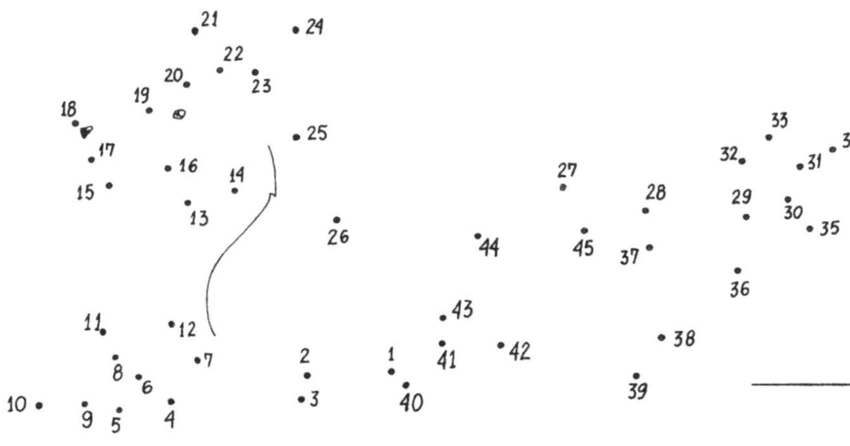

____

Os lugares da história

1 Procure no emaranhado de letras abaixo sete nomes de lugares citados na história.

C F R T Y U M H J G D S D G R É C I A Y P Ó K M N B G G B
O L I M P O M N J G H F I V G V T F E S P A R T A L Ó M I N
D A S E R Q U Í T A C A Y U T I F A S E R T I F I M V I E N I M
I K I O R P A R I S E M I R A D I S G E R Í O L O N D R I A S
M A R O I P L M E R O S E F N K L O M A S R T R O I A S B
A D E Í S M A R O E R I T R O B L A S I S L A N D Í A S E R
E I P A R A T S O I B É L E M D I A S P O R A J E R U S
E S Q U É R I A E M B A S I A F O L I C I O E T I O P I

Agora complete as frases com as palavras que você encontrou.

a) .... é o país da Europa onde Ulisses viveu suas aventuras.

b) Os deuses gregos habitavam uma montanha chamada ....

c) Helena, esposa de Menelau, rei de ...., foi raptada por um príncipe troiano.

d) ...., terra de Ulisses, era uma pequena ilha banhada pelo mar Jônio.

e) O famoso episódio do cavalo de pau aconteceu na cidade de ....

f) Os cícones, habitantes de ...., eram um povo pacífico; fugiram para as montanhas quando os gregos invadiram sua cidade.

g) ...., terra dos feaces, era uma ilha governada pelo rei Alcino.

2 Este é o mapa-múndi. Pinte o continente em que se localiza a Grécia e escreva o nome dele abaixo.

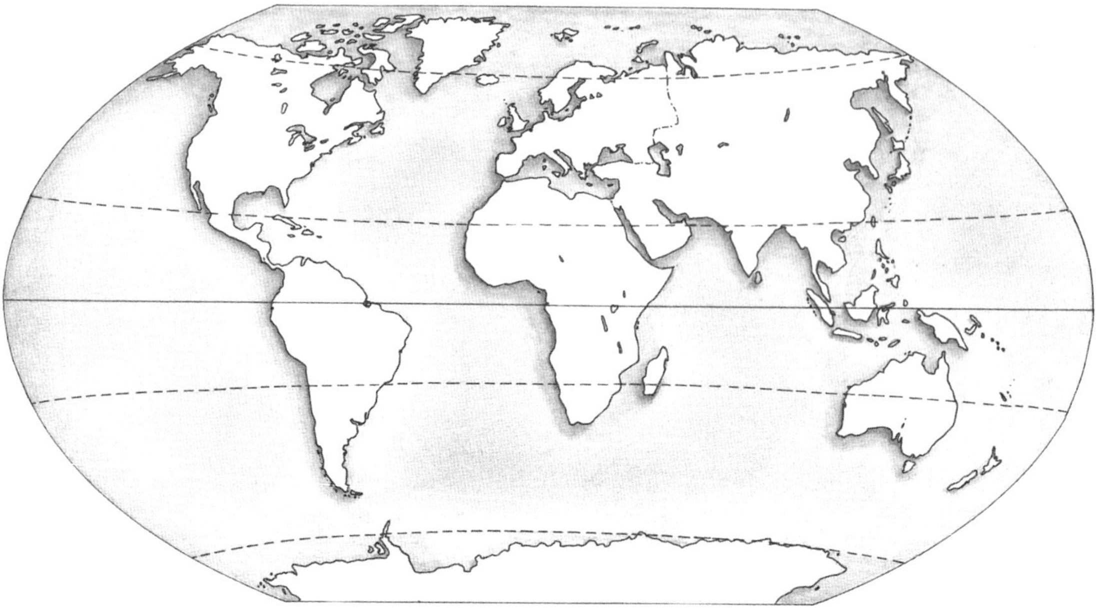

....

3 Pelas indicações do mapa abaixo, trace o caminho que Ulisses percorreu até conseguir voltar para Ítaca.

Brincando com as frases e as palavras

1 Complete as frases com as palavras que estão dentro da mortalha que Penélope está tecendo para o sogro Laertes.

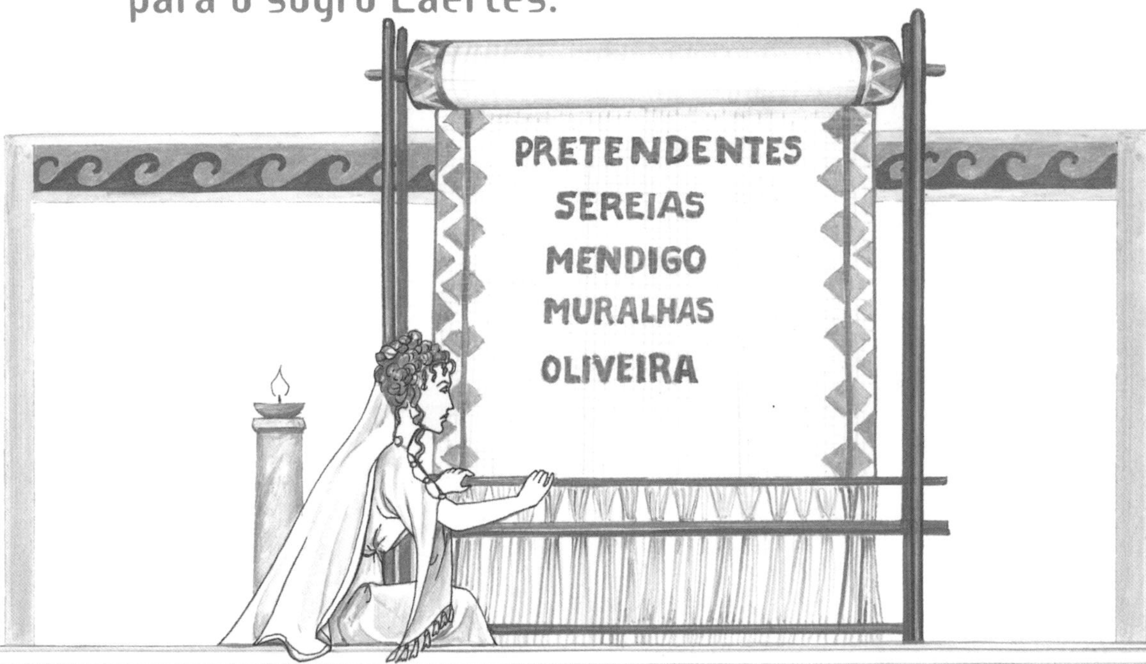

a) Os troianos, curiosos, levaram o cavalo de pau para dentro das .... da cidade.

b) Ulisses feriu o único olho de Polifemo com um tronco de .... incandescente.

c) Os marinheiros ficavam encantados quando ouviam o canto das .... e por isso eram devorados por elas, sem nenhuma reação.

d) Penélope prometeu escolher um dos .... e casar-se com ele quando terminasse de tecer uma mortalha para o sogro.

e) A deusa Palas Atena transformou Ulisses em um .... para que ele não fosse reconhecido ao chegar a Ítaca.

2 Reescreva as frases abaixo, substituindo as palavras destacadas pelos sinônimos que estão nas placas dos carneiros de Polifemo.

a) Os gregos **elegeram** Agamenon como comandante na guerra contra os troianos.

....

....

b) Graças à **astúcia** de Ulisses, o cerco à cidade de Troia resultou em vitória.

....

....

c) Os homens de Ulisses **saquearam** a cidade de Ísmaro.

....

....

d) O ciclope Polifemo habitava uma **gruta**.

....

....

e) Circe, a feiticeira, preparou uma **cilada** para os marinheiros.

....

....

3 Neste alvo você encontrará alguns substantivos coletivos que aparecem no texto. Ligue cada um deles aos elementos que o compõem.

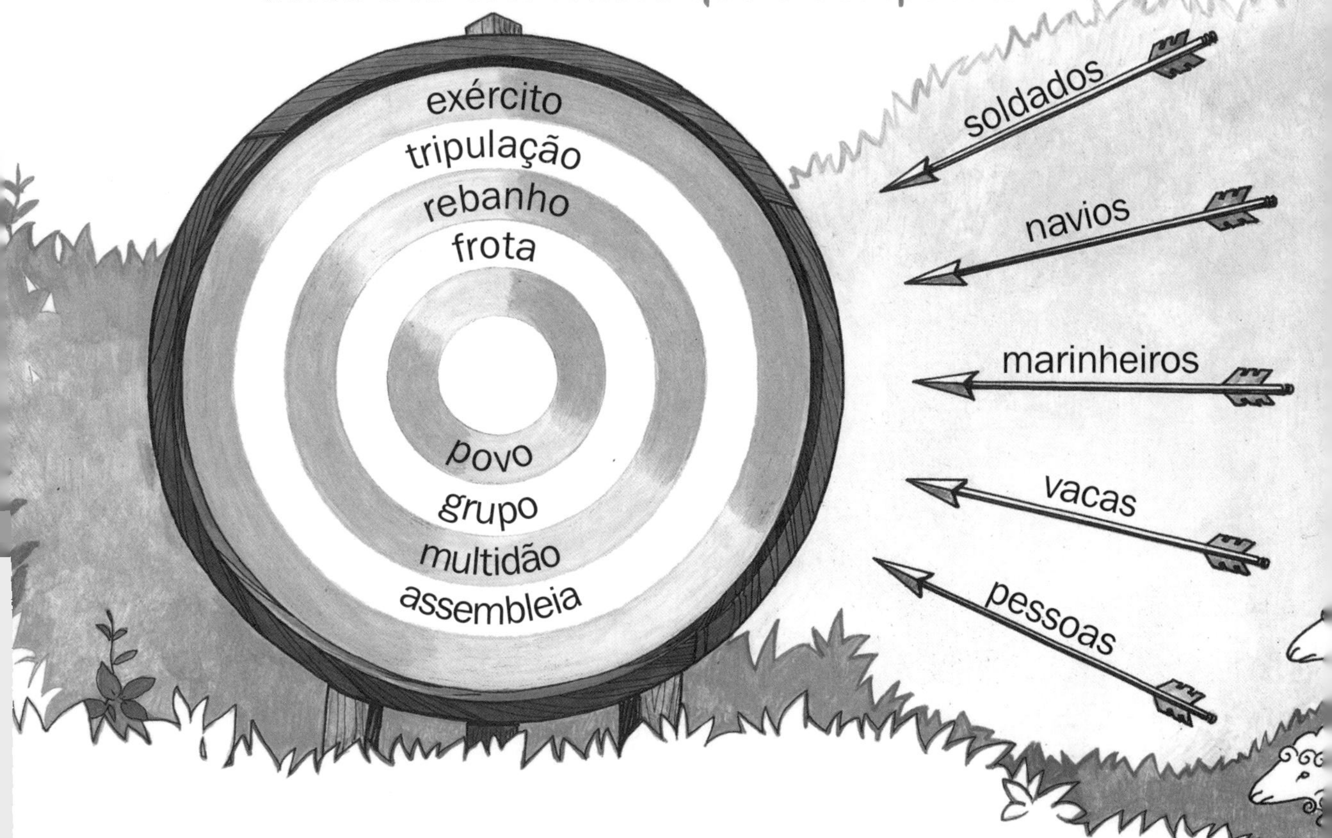

Você conhece estes outros substantivos coletivos? Escreva o nome dos elementos que os compõem.

vara ....

alcateia ....

Para pintar e desenhar

1 Pinte os espaços marcados com um pontinho (•) e você verá surgir uma cena decisiva da *Odisseia*.

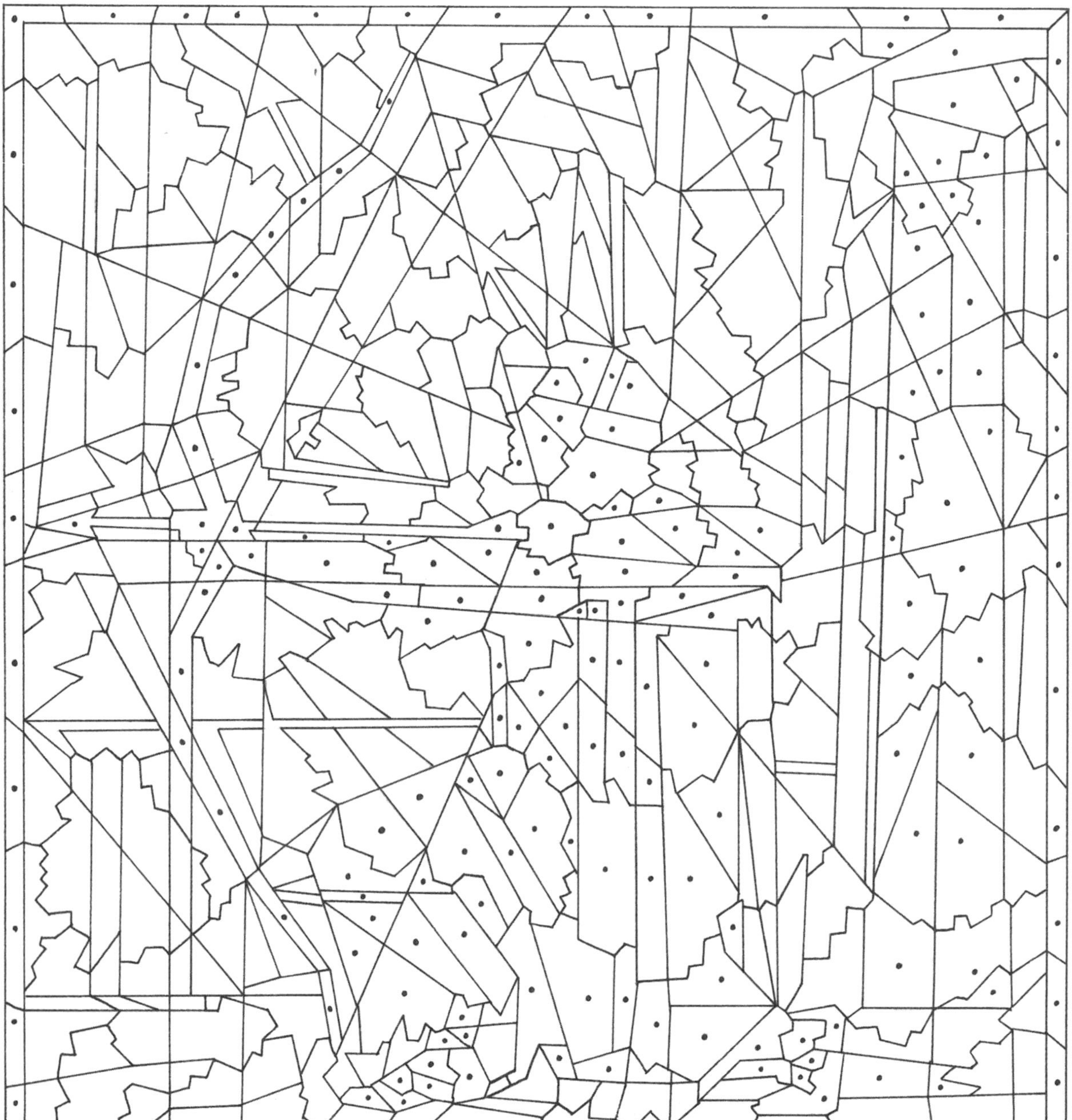

2. Imagine que você é Ulisses e desenhe o projeto para construir a cama, aproveitando o tronco de uma grande oliveira que crescia no pátio, e ao redor dela as paredes do quarto e todo o palácio. Capriche!

Para pensar e escrever

1 Você já deve ter ouvido alguém se referir a uma situação ou tarefa difícil como sendo uma odisseia. Depois de ler a história, você saberia explicar por quê?

....

....

....

....

2 Imagine que você é um soldado grego que lutou na guerra de Troia e acompanhou Ulisses em sua viagem de retorno a Ítaca. Escreva uma carta para os seus familiares (mãe, pai, esposa ou marido, irmãos etc.) contando sobre o episódio do cavalo de pau.

Para você se divertir

1 Leve Ulisses de volta a Ítaca, passando por todas as aventuras que ele viveu para chegar até lá.

2 Observe bem as figuras abaixo e assinale sete diferenças na segunda cena. Depois, pinte a primeira cena.

Quem foi Homero?

Homero foi um poeta grego que viveu há muito tempo, mas muito tempo mesmo: cerca de trinta séculos ou três mil anos atrás!

Alguns afirmam que ele nem existiu, pois não há documentos que comprovem a sua existência. Naquele tempo era difícil registrar um texto, e as histórias eram transmitidas oralmente, por contadores populares que viajavam de uma cidade para outra. Na Grécia antiga, essas pessoas eram chamadas de aedos. É provável que Homero tenha sido um deles.

Conta a tradição que Homero era cego e mendicante. Entre tantas dúvidas, o certo é que a *Odisseia* é considerada uma das obras literárias mais antigas de que se tem notícia.

Quem é Leonardo Chianca?

Quando criança, Leonardo gostava de algumas histórias de aventura, principalmente daquelas que se passavam no mar. Ele se imaginava navegando em um mar agitado, enfrentando perigos e mais perigos a cada dia em alto-mar... Mas também se imaginava deitado sobre uma jangada feita com tronco de oliveira, sob um céu imenso e cheio de estrelas.

Leonardo Chianca não se tornou um destemido aventureiro, mas descobriu que escrevendo poderia criar histórias e vivê-las de outra forma: por meio da imaginação.

Publicou pela Scipione: *Romeu e Julieta*, *Hamlet*, *Muito barulho por nada* e *O menino e o pássaro*. Além de escritor, trabalha também como editor de livros.

Quem é Cecília Iwashita?

Cecília Iwashita nasceu em Mauá, São Paulo, em 02 de outubro de 1965. Formada em Artes Plásticas, pela Escola de Comunicações e Artes da USP, em 1989, começou a trabalhar como ilustradora de obras infantis, juvenis e livros didáticos.